O —
editora Urutau

rua maestro demétrio kipman, 210,
jardim américa, bragança paulista — sp,
12902-130, brasil

avenida peirao besada, 6 – 2D
36163 poio-pontevedra
(espanha)

[+34] 644 951 354 [espanha]
[+55] 11 9 4859 2 426 [brasil]

www.editoraurutau.com.br
contato@editoraurutau.com.br

[EDITORA]
tiago fabris rendelli & wladimir vaz
[COORDENAÇÃO DE REVISÃO]
debora ribeiro rendelli
[REVISÃO]
marcella sarubi
[CAPA]
wladimir vaz
[DIAGRAMAÇÃO]
victor prado

dados internacionais de catalogação na publicação (CIP) de acordo com ISBD

menicucci, clarissa.
M549c contos de fuga / clarissa menucucci. bragança paulista, sp: editora urutau, 2021. 96 p. ; 13 x 19cm.
ISBN 978-65-5900-100-2
1. Literatura brasileira. 2. Contos. I. Título.

CDD 869.8992301
2021-2553 CDU 821.134.3(81)-34

elaborado por vagner rodolfo da silva - CRB-8/9410

CONTOS DE FUGA

CLARISSA MENICUCCI

[primeira edição]
URUTAU
2021

sumário

[9] Introdução

[12] Coração de galinha
[18] Ode
[26] A mulher e o ipê
[30] O cavalo
[36] Invisibilidade
[40] Assassinato
[44] Dezembro
[48] Crônica de uma mente insone
[52] O homem sem futuro
[62] Parto
[72] A tabela perfeita
[88] Ninho de pardal (ou o voo da galinha)

É que um mundo todo vivo tem a força de um Inferno

Clarice Lispector, *A Paixão Segundo G.H*

Introdução

Brasil, 2020. Um ano sem necessidade de muita explicação. A rua não aconteceu, as crianças não foram para a escola, acumulamos perdas e mortes, resistimos ao ódio. Naquele ano incomum, de dores em todas as formas, fui salva pela literatura. Em casa, ao lado de minhas angústias pandêmicas, me entreguei aos livros e à escrita. Retomei o hábito perdido nos tempos de início da maternidade e deixei a palavra entrar com toda a força. Encontrei ali meu lugar de fuga e de encontro.

Fuga para a vida e encontro com a sanidade. A vida, que teima em (re)existir ao ódio e à doença. A vida, que aparece forte nos momentos em que tentam excluir a ternura e o amor, como se eles fossem menos importantes na história. Vida essa que fui encontrar exatamente na fuga para o mundo das palavras, um mundo de encontro comigo mesma.

Como poderia ter sido aquele ano, se a história tivesse partido de outras narrativas? O que poderíamos ter construído a partir da pandemia, se tivéssemos lido mais poemas? Não sei, e tão pouco este livro se propõe a responder essas perguntas. Como sociedade, penso que poderíamos ter desenhado outro texto, com palavras mais amorosas e menos odiosas. Poderíamos ter planejado saídas para as crises ambiental, social e humana. Mas, infelizmente, não trilhamos esse caminho. Descemos ao mais profundo descrédito humanitário. Mas, também, resistimos. E continuamos vivendo, ainda que com muitas perdas.

Certo dia daquele ano, meu filho, de apenas 4 anos, me disse que sentia falta do picolé do Carnaval. Perguntei a ele que picolé era esse? Ele respondeu que era o picolé da rua. A rua, tão repleta de significados para todos nós. A rua que nos foi negada em um período de discursos perversos e hipócritas. Comprei um picolé no supermercado e transformei minha escrita em rua. É nela que eu consigo andar, é com ela que eu sigo viva.

Este livro reflete um pouco do sentimento de um ano que nos cortou ao meio. Muitos contos foram escritos em meio à tentativa de sobrevoar o Brasil, descolar-me de uma sociedade tão adoecida e tomada por sentimentos de raiva e descaso com a vida. Outros textos vieram de outros anos, mas refletem também uma tentativa repetitiva de me perder e me encontrar. São personagens, são histórias, mas são também sentimentos que me acompanham.

É certo que escrevo porque preciso apaziguar as dualidades abundantes em mim. Escrevo porque é lá, nas palavras, que me sinto inteira, embora seja absolutamente cindida em todos os sentidos. No meu mundo particular, corro ao encontro da palavra perdida. Construo mundos hipotéticos e tento digerir o mundo real. Me perco e me encontro seguidamente. Continuo em busca. Continuo em fuga.

Escrevo apenas.

CORAÇÃO DE GALINHA

Já se passou um ano da cirurgia, e o cotidiano parecia estar controlado para Átroa. Nada de precipitações internas causadas pelo acúmulo de massa bombardeando sangue para seu corpo magro. O trabalho corria bem, alguns encontros na sexta-feira, as prestações em dia, almoços familiares seguros, cinema, pizza, conversas de café. Sentia-se um exemplo da maravilha da medicina. Anos de análise eram desnecessários agora. O progresso chegara para permitir à mulher o pleno encaixe.

Pensava nisso enquanto dirigia seu carro com destreza em uma avenida repleta de urgências e deselegâncias urbanas. Ao redor, pessoas comuns de corações robustos reclamavam, suavam e corriam rumo ao descontrole. Ela não. Era uma nova mulher, um ser humano pronto para um futuro exitoso.

Lembrou as palavras do doutor Fuks: "A ciência mostra ao homem que não é preciso ser apenas humano para ser pleno". Orgulhava-se de ser a prova viva dessa descoberta, um exemplar melhorado da mais nobre das espécies do planeta Terra. Tinha o controle da evolução.

Fuks sempre se referia aos bovinos em suas explanações. São grandes, carnudos, fortes e domináveis. A estupidez desses bichos está no tamanho avantajado do coração e do pericárdio. Bombeiam sangue desesperadamente para o cérebro sem, tampouco, fazer uso do raciocínio lógico. As aves, por sua vez, contam com um pequeno coração que atende perfeitamente às suas necessidades, que, diga-se de passagem, são poucas.

Átroa lembrava-se da primeira consulta com o doutor. Desenganada pelos médicos, ela tinha raiva de seu coração. O estorvo — como ela se referia ao órgão — era responsável por uma existência turbulenta, apesar de banal. O medo e o desejo o faziam bombardear litros de sangue corpo adentro, fazendo o rosto da mulher queimar.

O peito se movimentava em torpor, transparecendo saltos por debaixo da roupa. O barulho era inevitável e desconcertante. O suor vinha em seguida, com uma textura melosa e malcheirosa. A partir daí, ela desenvolvia uma sequência de movimentos animalescos e cheirava a ninho de pardal. O fenômeno só cessava após algumas horas de concentração e, por vezes, água fria.

A história se repetia em ocasiões diversas. Quando Paulo Roberto adentrou a sala do escritório. Quando Milena lhe deu um beijo na boca. E até quando fora obrigada a se posicionar a respeito dos salários dos técnicos previdenciários. O tormento acompanhava a infeliz desde menina e deixava os pais preocupados com seu futuro profissional. Como participar de uma reunião de negócios cheirando a ninho? O problema foi detectado. Estava no coração. Foram feitas cirurgias mil. Tudo em vão.

Foi aí que conheceu o doutor Fuks, um homem da ciência, à frente de seu tempo. Vislumbrava um novo modelo de ser humano, capaz de atingir a plenitude racional. Quando Átroa lhe contou seu problema, ele não teve dúvidas. "O erro está no tamanho do coração." Segundo o visionário cientista, o acúmulo de carne do órgão o faz indigno da magnitude do cérebro que, afinal, era o que deveria ser grande.

As experiências do médico mostravam que um representante menor levaria com a mesma eficiência o sangue necessário ao funcionamento de nossa máquina pensante, sem se perder em atividades referentes à existência irracional.

— Os avanços da clonagem nos permitem recriar o que há de melhor dos animais dentro de nós mesmos, deixando de lado nossas imperfeições e pedaços de penas antigas.

Após a recuperação, cuidadosamente inspecionada pelo doutor, a mulher não apresentara mais os sintomas referentes ao órgão anterior. A nova existência tranquila lhe enchia de esperanças em relação ao futuro. Quantos indivíduos no mundo contariam com um coração menor e mais útil à racionalidade como ela? Olhava as pessoas nas ruas. Nenhuma delas mantinha o controle da circulação sanguínea. Era privilegiada e se orgulhava de seu novo estado anatômico.

Pensava em sua condição antes de tudo humana, quando um exemplar chulo de sua espécie veio ao seu encontro em um momento de torpor, a bordo de um velho Fiat. Uma menina de pouco mais de 18 anos dirigia enlouquecida a máquina na contramão.

Embora Átroa dispusesse de um raciocínio rápido e frio, o tempo foi curto para formar um tratado sobre o acidente. Frente a frente com a menina, ela não teve como desviar. Apesar da racionalidade adquirida com a cirurgia, acabou morrendo por causa da moça de coração ruminante. Antes do último suspiro, lembrou-se de um pesar. Mesmo caída, presa ao automóvel, em meio a sirenes e desesperos, pôde pensar calmamente. Não teria mais tempo de fazer o que não havia feito até hoje. Morreu virgem com um coração de galinha.

ODE

A nave e a estação-mãe não eram mais necessárias para a permanência no exoplaneta Ode. Após alguns anos de pesquisas, a existência humana na região havia se tornado cerebral e mapeada por histórias. Claro que para se chegar fisicamente ao astro recém-descoberto era preciso embarcar em um veículo espacial testado e aperfeiçoado pelos melhores cientistas do mundo. Mas, ao decidir fazer de Ode sua nova morada, era imprescindível que o candidato a viajante acreditasse no enredo e se entregasse à palavra. Caso contrário, continuaria preso àquela região árida e desprovida de emoção ou voltaria ao mundo terreno repleto de vírus e pobreza.

Quando surgiu a primeira pandemia, nem sequer lavaram as mãos. Na segunda, acreditaram que a vacina seria capaz de salvar o mundo. Mas a Terra não foi salva e vieram outros vírus, com eles novas bactérias e fungos. Com o tempo, os governos desistiram das vacinas e o mundo passou a acreditar na grande fuga.

Os países criaram um grupo de trabalho para dividir os investimentos. Os norte-americanos dominaram a tecnologia de pouso dos foguetes em superfícies inóspitas, um enorme passo para a execução do plano. O feito era grande demais para ser compartilhado e os responsáveis técnicos decidiram cobrar pela operação. Logo alguns bilionários mais ousados se dispuseram a pagar, desde que fossem os primeiros a usufruir da viagem.

A China não gostou do posicionamento e decidiu buscar outros aliados. Os países, então, se dividiram novamente. Se os americanos detinham o engenho do pouso, os russos dominavam as vestimentas especiais, enquanto os chineses desenvolveram alimentos e medicamentos adequados à vida externa à Terra. Os governantes passaram a brigar por informações, insumos, pesquisas e profissionais. Foi preciso investir em espionagem, na criação de disfarces, no roubo de matéria-prima e no suborno de políticos.

Foram feitas algumas tentativas de decolagem, com êxito na subida e erros nos pousos, ou vice-versa. O sono dos tripulantes permanecia um problema, e as empresas farmacêuticas trataram logo de desenvolver medicamentos para acalmar as mentes insones. Surgiram drogas incríveis, que passaram a ser comercializadas e utilizadas pela elite empresarial, que se tornou detentora do poder de aumentar o capital com poucas horas de descanso.

Com o desenvolvimento da indústria farmacêutica, a fuga virou inspiração para novas marcas e produtos inovadores. "Faça sua empresa triplicar os lucros com uma equipe adaptada ao sono reduzido. Saia na frente e prepare sua companhia para dominar o mercado do exoplaneta. Emagreça em dois dias com as pílulas ExoX. Prepare refeições nutritivas em 30 segundos."

O mercado cresceu, e alguns grupos ganharam dinheiro vendendo resultados de pesquisas. Mas o caminho da fuga permanecia no mesmo ponto. Nenhum dos países conseguiu criar uma base humana eficiente no exoplaneta apesar de todas as alardeadas condições favoráveis. Havia oxigênio e a estrela Y, tal qual o Sol, aquecia o planeta, mantendo a água em estado líquido e, por consequência, a permanência de vida humana. Mas havia algo entre o início e o fim que não funcionava bem. As poucas pessoas que chegaram no local, apesar de todo o apoio tecnológico e a ambição de inaugurar uma era próspera, não conseguiam permanecer.

Havia uma angústia na falta de história humana, que tomava conta daquelas almas de tal forma, que elas deixavam de comer o alimento adequado e saiam em busca de flores e uvas. E como não as encontravam no exoplaneta, ardiam em febre e tristeza. Em pouco tempo, esqueciam o passado na Terra e passavam a sofrer da loucura dos indivíduos sem memória. Não havia um herói conhecido, que tivesse lutado pela independência de um país, ou uma mulher que enfrentasse o machismo, até porque ninguém sabia sequer como tinha nascido. Em alguns meses, os moradores tornavam-se vazios como os trajes astronáuticos que usavam.

As tentativas frustradas de produzir drogas capazes de recuperar a alma dos recém-chegados ao exoplaneta desanimaram as empresas e os governos. Não havia medicamento que trouxesse a história perdida entre moléculas e vestimentas especiais. As tecnologias falharam, e a vida humana fora da Terra não vingou. Aos poucos, as companhias deixaram de investir nos produtos. Ninguém queria ir viver como zumbi em uma era sem história. Havia uma falha de adaptação.

Foi aí que alguém teve a ideia de chamar os escritores. Se a tecnologia dos minerais não conseguira dar asas ao homem, a palavra havia de ter uma chance. Só ela poderia reconstruir o nexo perdido entre a última pandemia e o pouso em terreno alienígena. A palavra, tão sempre posicionada atrás dos números, passou, enfim, ao centro dos debates mundiais. Os dirigentes se uniram novamente, citando seus mestres consagrados.

Chamaram primeiro os autores dos *bestsellers*. Se eles haviam criado novos mundos em seus textos, poderiam também forjá-los em outra galáxia, reconstruindo o imaginário humano de forma mais conveniente. Depois vieram os autores de livros históricos, trazendo com eles toda a magnitude e o conhecimento dos fatos importantes. Vieram, então, os cronistas, os contistas e por fim os poetas.

Por alguns meses, as reuniões mundiais foram tomadas por versos, rimas e referências poéticas. Os militares levavam clássicos para debater nos encontros e os presidentes disputavam o conhecimento dos trechos mais emblemáticos dos jovens autores prodígios. Tudo era devidamente televisionado e não faltaram vídeos alternativos de blogueiros infiltrados. Nas edições das matérias, eram usadas imagens históricas de guerras, movimentos estudantis, cenas de filmes e de peças de teatro. Os jornalistas recitavam poemas em meio à descrição das decisões mundiais, sem se preocupar em manter o texto objetivo.

E de repente, aconteceu! A primeira pessoa que, de fato, conseguiu se estabelecer no exoplaneta sob a regência da nova técnica foi uma garota, embarcada na 13ª expedição. E, pasmem, ela o fez a partir de um texto juvenil preparado por um dos escritores prodígios. O livro era sobre uma menina que viajou no espaço e fez amigos fora da Via Láctea. Com palavras comuns, a personagem contava aos alienígenas histórias sobre a Terra, a formação das famílias e os feitos mundiais dos grandes líderes, das obras mais emblemáticas da trajetória humana. E contava também sobre o amor. Simples, mas com a complexidade necessária para propiciar o embarque cerebral da jovem ao novo mundo, prontamente nomeado planeta Ode.

O feito foi comemorado em toda a mídia, e os escritores passaram a produzir histórias 24 horas por dia. Trabalhavam incessantemente em uma grande máquina de palavras, situada estrategicamente a alguns palmos da superfície inócua de Ode. Bastava o candidato a morador se conectar à máquina, que as histórias começavam a ser inoculadas em seu cérebro tal qual uma agulha hipodérmica capaz de transferir conceitos, sentidos e nexos completos.

Se o texto fosse rasteiro e despojado de emoções, a viagem falhava e causava enormes dores abdominais, seguidas de insônia, pensamentos imperfeitos e náuseas sensitivas. Mas se a história tivesse o timbre necessário à mente anexada, *wow*, bilhete emitido para a nova existência, sem pandemias, bactérias, guerras ou pobreza. Na superfície de Ode, e com auxílio essencial das letras, era possível viver uma vida de amores, realizar feitos heroicos, ser livre de preconceitos ou um amante voraz.

Assim viveram, por muito tempo, grande parte dos homens e mulheres, em um recinto-máquina, beirando um terreno externo à Via Láctea, enquanto a Terra definhava ao lado de seus outros seres. Mas, com o passar dos anos, as histórias começaram a se repetir. O cardápio de opções dos viajantes tornou-se tedioso de tão conhecido. As histórias mais difíceis, consideradas pouco palatáveis a uma existência exitosa em Ode, eram gradativamente descartadas dos menus. E, de tão preenchidas com êxitos, as prosas careciam de faltas.

O vazio deixou de existir e, com ele, a poesia. Sem ausências, a palavra foi, aos poucos, perdendo a força. Os homens se esqueceram dos sentimentos imperfeitos, e os erros de percurso rumo à existência no exoplaneta passaram a ser comuns. As pessoas se desligaram da escrita e as aterrissagens em Ode tornaram-se extremamente inseguras.

Sem vácuos, os autores perderam a inspiração e não conseguiram mais criar histórias envolventes, necessárias ao funcionamento eficaz da agulha hipodérmica de memórias. De repente, sentiram falta da dor e decidiram voltar em busca de novas palavras que a descrevessem. Fugiram para a Terra.

A MULHER E O IPÊ

Naquela casa tinha um ipê rosa. A raiz da árvore não estava dentro do terreno, mas os troncos enormes invadiam as dependências do quintal. Naquele espaço, moravam duas crianças pequenas como o quintal, que era ainda menor do que a imaginação deles. Em meio à impaciência pandêmica, eles tentavam mirar no ipê quando as telas já não preenchiam qualquer tipo de angústia ou tédio. A mãe estava sempre cansada, e o pai, no computador; os adultos pareciam sofrer de infelicidade crônica.

Quando decidiram comprar a casa, o ipê pesou na tabela de prós e contras. O corretor sabia da explosão de cores da árvore e, na primeira visita, ficou quase calado. Não precisou fazer seu trabalho chato. A mãe tomou a decisão ao ver os botões gordos da planta. Fechou contrato quando percebeu também as sementes. Eram várias, enquanto ela só tinha uma. Avisaram que aquele momento florido duraria pouco e, depois, teriam folhas secas a varrer. Mas a ideia de outro organismo cíclico na casa era por demais empolgante para uma mulher desencaixada na vida.

Tiveram que lidar com uma série de vazamentos e uma reforma grande para um orçamento apertado. No meio do caminho, veio o bebê. O espaço ganhou vida quando se mudaram. O leite do peito da mãe secou, mas o ipê estava lindo: verde, desta vez, e grande como os planos que adentravam naquele pequeno quintal.

Veio o sol, e o ipê protegia a família das queimaduras. A lua cheia teimava em se sentar bem em cima da copa e todo mundo brincava de uivar. A primeira florada depois de se tornarem residentes foi comemorada com festa. A mãe fez arranjo com as flores que caíam no chão e o pai vislumbrou um negócio sustentável com a infinidade de folhas secas, alimento farto para as minhocas. As crianças transformaram tudo em brincadeiras. Chamavam os amigos para ver a florada, faziam tapetes mágicos com as flores pelo chão e não entendiam quando alguém minimizava aquele momento.

Até que as folhas se foram e veio o deserto. Uma árvore imensa inteiramente seca. Está morta, diziam. Mas a mãe sabia que não. Só estava em uma fase ruim, como se sangrasse a perda das sementes. Em rotação própria e em bando, os pequenos embriões vegetais saíram em busca de um solo fértil para crescer e tudo que encontraram no caminho foi cimento e asfalto. A mulher parecia entender bem aquele ciclo hormonal da planta. O ipê deixou de proteger aos outros e a si mesmo. Exposto ao sol e ao vento, não brotava e nem fazia sombra, não encantava ninguém. Vieram, enfim, as chuvas da primavera. Novos brotos e folhas verdes. O ipê era querido de novo e sua infelicidade, enfim, estava aplacada.

Foram quatro ciclos até a pandemia, todos eles acompanhados de perto. Mas o último, por estarem dividindo a existência e a solidão de forma mais intensa, pareceu diferente. Aquele cenário etéreo tomou conta das conversas, aulas online, poemas e ilustrações. Do sofá, os quatro passaram a assistir ao ipê, em uma falsa plenitude agradecida, repleta de clichê e com um toque de inveja. De repente, a árvore também era professora daquela gente. Virou projeto da escola das crianças e casa do beija-flor. Micos, bem-te-vi e até os morcegos vinham visitar o ipê, que usava tudo como ensinamento para os quatro. Passaram a tomar café junto com ele, enquanto as outras plantas ganharam invisibilidade e a cachorra perdia o lugar de destaque na família.

Até que passou a florada. Os filhos esqueceram o que havia acontecido, outras brincadeiras invadiram o quintal. O pai ocupou a mente com novos projetos. A pandemia continuou e outras telas voltaram a ter centralidade na casa. Apenas a mãe se lembrava do ipê.

O CAVALO

Era um menino que tinha raízes no interior, mas nunca havia conhecido o interior. Sabia apenas do interior dos becos invisíveis da vida na Pedreira. Longe do asfalto, de dia, eram vilas alegres, cheias de gente do bem. À noite, eram pequenos feudos geridos por seus senhores bravos e valentes, armados da cabeça aos pés com mais berros do que cabeças, ostentando enormes pênis metálicos cintilantes nas luzes que antecediam os grandes bailes. As moças rodeavam seus senhores em poses servis, mantendo o status de objetos de desejo, moedas de troca de uma economia falida na moral, mas rentável do ponto de visa do sistema capitalista. O que José não daria por uma noite nesse papel de senhor!

Ao chegar na pequena cidade onde sua vida havia começado, após fugir de inimigos, não alimentava expectativas de sair da vida do crime, apenas precisava de um tempo. Pensou nas pessoas daquele lugar, imaginou o que poderia encontrar lá e, por um instante, liberou seu lado sonhador sem, no entanto, perder a identidade transgressora na qual havia se forjado.

Entrou no antigo casebre onde sua mãe fora miserável e feliz ao mesmo tempo. Parou. Era tudo tão diferente do seu mundo conhecido e, ao mesmo tempo, tão parecido. Havia uma sensação de algo já visto antes, como se tivesse passado por aquele local em algum momento de sua vida. Foi tão forte, que José teve que se repreender por tamanho sentimentalismo. Homem criado na Pedreira Prado Lopes, era forte, já havia enfrentado alguns homens que fariam tremer qualquer playboy do asfalto. Sabia o que era na vida e, mais ainda, o que era aquela vida com a qual se metera. Não havia tempo para sentimentos desnecessários.

Concentrou-se no objetivo inicial: achar uma toca onde pudesse desaparecer por um tempo, até que pensassem que havia morrido. O casebre era perfeito. Entrou. Estava tudo muito sujo, parecia que alguém usava o lugar para guardar animais. Fedia a estrume. Mas estava cansado demais para buscar outro lugar. Ficaria ali uma ou duas noites e depois pensaria em algo melhor. Ajeitava suas coisas quando escutou um barulho de sandália de couro se arrastando. Lembrou da vez que dançou forró com Lena. Será que ela ainda estaria solteira quando voltasse? Mas o barulho também lembrou os chinelos inimigos correndo no morro. Com um arrepio na barriga, se ajeitou. Era um soldado afinal e poderia ter sido seguido por ser um desertor.

Sacou a arma e tentou se esconder atrás da mochila. Não viu ninguém. Estava escuro e o barulho era estranho. Atirou pra cima sinalizando que não estava com medo. E foi aí que ouviu um relincho. Abriu a janela podre do casebre, que dava para um pequeno cômodo anexo. Com a luz do fim do dia, pôde ver o esbelto cavalo que ali se encontrava amarrado.

Pensou em pegá-lo e tentar vender na cidade. Daria mais dinheiro para aquele tempo fora da favela. Mas o bicho tinha um olhar tristonho que, por tanto se parecer com o dele, o fez mudar de ideia. Chegou perto, pensando que talvez fosse bom ter uma companhia — ainda que irracional — nesses dias de toca. Ele estava amarrado a uma pequena carroça. Devia ser de algum homem que carregava leite ou qualquer outra coisa por aquelas bandas. Era instrumento de trabalho de mais algum mané honesto, cheio de filhos, mulher gorda e casa mofada. O cara trabalha a vida inteira e não tem sequer um carango para andar. Vai depender de um cavalo magro e fudido. Por isso, pensou, não se tornou trabalhador, para não ser escravo de ninguém. Mas o cavalo em si parecia chamar-lhe o olhar. Devia estar com fome, bichos sempre olham pra gente querendo comida. Mas era algo mais que isso.

Entrou no cômodo, percorreu o lado direito do animal e percebeu uma imensa ferida em forma de linha. Era naquele ponto que o cavalo recebia chicotadas enquanto se exauria por estas areias sem descanso. Trabalhava, corria riscos e sofria. Resolveu olhá-lo de frente, como se deve olhar todo ser que mereça algum respeito. O rosto também estava machucado, sangrava. Mesmo tão danificado, o bicho havia sido preso com a mesma corrente que cravava sua pele durante a lida. As patas, logo acima das ferraduras, também ardiam em carne viva. Por Deus, quem poderia fazer isso com um cavalo? Por um instante, quis procurar o homem que fizera tal maldade e impingir-lhe algo similar. Como pode isso, o bicho trabalha o dia inteiro pra você, apanha, sangra, e, no fim do dia, é largado preso dentro de um casebre caindo aos pedaços, sem ao menos ter o alívio de ser desatado de suas correntes?

Lembrou-se do livro que lera na biblioteca comunitária da favela. Houve um tempo, em sei lá qual país, que alguns homens eram obrigados a carregar outros nas costas. Seus ombros doíam e sangravam como o lombo daquele cavalo. Antes o bicho do que a gente né? Né nada! Sei lá que homem é esse? O cavalo é manso, se fosse ruim, já havia atacado o homem. Não ataca porque é bom de coração. Mas por que ele aceita essa situação e não dá logo um coice nesse homenzinho mirrado e covarde que o escraviza? Sociedade idiota em que homenzinhos mirrados e covardes podem fazer de um animal capaz de galopar mundo afora um objeto de trabalho e lazer. Olhou as coxas do bicho. Era robusto ainda, apesar de todo o sofrimento. Era bonito e devia ter força para correr muito até chegar em um campo aberto onde nenhum homem jamais o pegaria. Fez carinho no rosto do animal e, apesar do bicho ter apanhado a vida inteira do ser humano, fechou os olhos e aceitou o afago.

Pensou em soltá-lo e levá-lo para longe. Podiam ser amigos e se ajudarem a seguir nesta vida estranha que Deus criou. Poderiam correr alegres por mil lugares que nenhum dos dois havia estado. Fazia planos fantásticos quando foi absorvido pela sufocante sensação de que estava na mesma situação. Eram ambos escravos e talvez não compreendessem a situação de forma mais clara. Foram 17 anos da vida de

José. E o que ele havia feito a não ser levar nas costas homens covardes? Era jovem, podia correr. Mas não correu. Queria se tornar um deles. Buscava se transformar em um homem covarde que faria com outro garoto tudo o que fizeram com ele, ou mais, porque a tendência do ser humano é se aprimorar.

Olhou aquele cavalo preso e pensou se ele poderia sobreviver sozinho. Seria velho? Saberia viver livre ou seria escravizado por outro homenzinho que encontrasse em seu caminho? Saberia ele viver sem suas feridas? Saberia ele galopar sozinho sem as correntes e sem carregar todo aquele peso no lombo? Seria possível viver livre? Olhou aqueles olhos tristes, que já se fechavam no seu pequeno descanso conformado. Pediu desculpas ao cavalo, juntou sua mochila e foi embora deixando para trás a arma e todo o sonho de se tornar um grande covarde. Abriu a porta rangente e deu o primeiro galope de sua vida. Não ia para o campo, ia conhecer o mar.

INVISIBILIDADE

E de repente se tornou invisível. A cadeira de couro parecia mais nítida do que sua fisionomia esquecida. Em pouco tempo, ninguém mais sabia do que ela se tratava, se tinha angústias, sonhos ou desejos. Vivia feito água parada, às vezes, útil, muitas vezes, apenas cenário. Seus esforços, de tão transparentes, já não faziam parte do mundo real. Andava pra lá e pra cá como ruído de casa velha, quando o chão de madeira parece ter vida própria, mas todos sabem que é apenas um piso. Não havia batom ou penteado que mudasse o fato de que já não era visível. Sapato novo era para ser útil, e flor no cabelo era maldade com a planta.

E, de súbito, as coisas afeitas aos seus cuidados passaram a andar sozinhas e serem vistas por si só. O fogão ligava e fazia uma comida cheirosa. As taças de vinho se organizavam para o jantar. As roupas se tornavam macias como algodão. O pão tinha quentura própria e esquentava a sala com seu encanto. A cama era fofa e convidativa como deveria mesmo ser. A casa era segura e as coisas dentro dela sabiam o que fazer e a que horas fazer. Elas não sofriam de tristeza e não se angustiavam com a luta da vida. Eram felizes de serem coisas.

E, de repente, ela se tornou um incômodo. De tão humana, sua presença pesava. Onde já se viu cadeira com anseios de vida? Chão que quer algo além de ser pisado? Forno que precisa de alento? Apesar de invisível, sua presença desorganizava os cômodos. Andava na casa como um paquiderme, ocupando espaço e tempo desnecessários. Gastava luz e não fazia pão. Insistia em ser algo além de invisível. Seu choro atrapalhava o som estéreo da casa e sua angústia não tinha a beleza dos filmes. Seu aspecto fantasmagórico invisível paquidérmico era gordura extra na casa. Atrapalhava o andamento das coisas. E foi aí que decidiu partir. Olhou-se no espelho e não viu nada. Tentou explicar, mas a voz não tinha mais som. Fugiu, antes que não sentisse mais a si mesma.

ASSASSINATO

Acordou com a nítida sensação de que tinha matado alguém. Não na noite anterior, porque esteve em casa imersa no cotidiano comum. Em alguma noite, em algum local, em algum dia, que não deveria ser tão distante, afinal, a lembrança era forte. Sentou-se à mesa do café e tratou logo de engolir um pão. Tal qual uma criminosa comum, devia, e muito, apesar de não saber a quem. Enquanto ensaiava uma conversa matinal com o marido, repassava na mente as cenas do crime. Um motel, uma janela, alguém bêbado, sangue, fuga confusa. Quem era o morto? Havia mais alguém com ela? Sim, outro personagem integrava a estranha cena. Saíram do local de carro, e há muito tempo ela não dirigia. Ou será que dirigia até então?

Um gole de café e um iogurte com granola, para parecer leve e casual. A empregada já chegara e cuidava de fazer seu papel. Ser simpática com a criança, bater um suco, organizar a cozinha. Preferia que a funcionária não estivesse ali hoje. Ela, pensava a patroa, poderia desconfiar do crime e fazer chantagem. Pedir dinheiro em troca de silêncio. Tentou relembrar a história, juntando as fumaças que apareciam em sua mente costumeiramente confusa, mas especialmente estranha hoje. Sim, não tinha dúvida, um crime havia acontecido.

Era sabido que era dotada de certa agressividade. No entanto, tal característica nunca tinha sido levada às vias de fato. Tudo corria apenas pela fala, em um jogo psicológico que sabia fazer quando queria derrubar alguém ou a si mesma. Era capaz de iniciar o jogo com comando, mas perdia o mando com rapidez à medida que se tornava sua maior inimiga. Uma vez, um garoto disse que ela era fraca emocionalmente. Achou aquilo um destempero, ainda mais vindo de um pseudo-homem frangote que não conhecia nada da vida. Mas talvez fosse mesmo um pouco verdade.

Alguma coisa era podre em sua formação. Era uma mulher correta, no sentido mais amplo. Trabalhava, não roubava, defendia as causas sociais, gostava de crianças e de animais. Mas alguma coisa fedia em sua massa e agora sabia o que era: um cadáver. Sim, tinha cometido um crime. Sua podridão era tanta, que não se lembrava ao certo que monstruosidade havia feito e nem mesmo quem era a vítima ou o seu cúmplice. Tomava café da manhã com um crime na mente e falava de amenidades comendo granola.

O dia continuou naquela toada de impunidade latente. Saiu às ruas em busca de enfeites de Natal. Procurava um álibi que sustentasse sua vida comum e honesta e as festas de fim de ano se encaixavam perfeitamente na situação. Pulava de loja em loja em busca de nada. Olhava um bando de Papais Noéis vindos da China com suas roupas de neve. Como as pessoas são tão vazias a ponto de gostarem de um cara com roupa de esquimó num país tropical!? Buscava luzinhas pisca-pisca e, de repente, se lembrou da luz vermelha do crime. Parecia um motel de beira de estrada, a janela era bamba, o banheiro era fétido. Só uma bandida mesmo estaria ali bêbada com alguém para matar.

Seguiu em frente sem saber onde pararia aquela história. Não havia enredo que explicasse o crime, não havia rostos a serem examinados. Decidiu que se entregaria à polícia. Com mais lucidez e pragmatismo, eles seriam capazes de descobrir o acontecido. Diria apenas que matou alguém, em algum lugar, em algum momento e que o corpo estava ali mesmo diante de todos. Era ela a morta.

DEZEMBRO

Era difícil ser feliz em dezembro. A praça estava mesmo muito bonita, mas, ainda assim, Antípoda conceituava empecilhos para se inteirar das confraternizações natalinas. A cidade andava extremamente desconcertante e uma simples volta no quarteirão lhe parecia exaustiva. Sim, estava cansada. Pensava em como lidar com todo o básico *costum*ê das famílias nesta época do ano. Tudo lhe parecia intensamente complexo, e era difícil às pessoas cinzas compreenderem do que se tratava a estranha síndrome detectada apenas por visionários cientistas e que se manifestava em seu corpo. O coração bombava concretamente em desconcerto, delineando estranhas conexões. O cérebro insistia em compreender o que já não se explicaria pelas madeixas cromossômicas.

Antípoda se valia do plano de obter um terreno perfeito para aplacar sua ineficiência no mundo cromossômico. Lá estará tudo e todos, contemplativos, até lá chegarão. Será um antilugar da extratosfera. Milimetricamente cada placa de terra se valerá de um sentido próprio e adequado. Não simétrico como estas irritantes luzes de Natal dos pós anos 2000. Elas têm tantos diferentes tipos de movimentos, que fica difícil à gente que busca fuga se acalmar com seu andar. Melhores são as luzes dos anos 80, simples, exageradas e brutais.

Tornava-se antagônico almejar leveza durante este estranho último mês de 2020. Além das cerejas doces, pouca coisa boa disponível. Ah, havia o céu de dezembro, denso, pesado, carregado, bonito. Nunca havia achado beleza nas coisas muito leves. A sensatez lhe parecia, antes de algo pragmaticamente bom, um pedaço de desinteresse, de falta de sei lá o quê. Sempre tinha preservado um querer inexplicável pela loucura. As pessoas insanas lhe pareciam mais interessantes, como seres brutos, diamantes em estado básico, bonitas. Não conseguia cultivar gosto pelas pessoas equilibradas.

Altivo era bonito, seguia os padrões pré-estabelecidos entre os representantes masculinos da raça humana. Mas era estranho para Antípoda. Alimentava um gosto pelo benfeitorismo pueril, pela amizade fortuita, pelo bem conviver social. Ela não se encaixava muito em nada, mas não poderia se dizer que era diferente de todos. Era meio igual, só não cabia direito nos locais naqueles momentos felizes de dezembro.

Não chegava a ser notada na praça natalina iluminada. Seu disfarce era bom, funcional, sombra na noite de luzes piscantes. Ninguém a via direito e, com isso, conseguia andar mais devagar do que se anda normalmente na rua — e nem por isso alguém foi capaz de enxergar tal vagareza solitária. Passava com seu peso por entre a brisa natalina, escura, para dar foco às luzes coloridas. Não era presa fácil.

CRÔNICA DE UMA MENTE INSONE

Minha cabeça parece um *podcast*, daqueles bem agitados com várias pessoas falando ao mesmo tempo. Assuntos que se atropelam, raciocínios complexos misturados a suposições baratas. Tento dormir, mas a turma de dentro não me deixa quieta com tantas falas, pensamentos e teorias. Gostava mais quando a insônia trazia uma *playlist* da vida, passando pelos hits da juventude, pelas músicas de sofrer paixões perdidas, as letras filosóficas e os jogos de palavras tão propícios ao extenso tempo noturno.

Esta cidade barulhenta me atormenta por inteiro. A mim, a metrópole não falta, ela me assombra como aquela personagem da fronteira, que arrasta uma relação masoquista e recebe a dor em uma violação consentida. Tento fugir dela, mas não consigo. Já é tarde, e eu escuto minha respiração, além da buzina do carro que freou na esquina. Voltavam de uma festa, insones como eu, talvez.

Depois, um silêncio cáustico, e lembro-me da argila que ficou guardada na minha caixa de coisas esquecidas, de desejos suspensos, imersos nas poeiras de urgências pequenas, pandêmicas. Tento organizar as palavras, saltar os poemas e redefinir a ordem de terras, folhas, assentamentos de planos. Meu corpo dói, a cabeça pulsa, meu estômago está velho, e eu, cansada.

O barulho do caminhão de lixo me interrompe por segundos, freando a rede de pensamentos que me dão azia. Isso são que horas? O bar tem uma última mesa de negacionistas ou meros angustiados, como muitos de nós. Vou à janela e vejo o homem de uniforme laranja e com cheiro de peixe fora do veículo, parado, no meio da rua. Ele observa o bar e seus retardatários usuários. Ele não nega o risco de contaminação, apenas o encara de frente. É o seu mamute diário. Com as luvas sujas de restos, ele abaixa por segundos a máscara de pano. Um respiro profundo e segue viagem.

Toda essa cena e a dor nas costas me instigam a buscar algo forte, que me desligue o pensamento por instantes. Mas sei que a atitude comprometeria minha produção intelectual no dia seguinte. É para isso que estas drogas existem, para nos tornar menos pensantes. Desisto e, por ora, apenas permaneço. Sei que em breve terei de seguir também, assim como o homem do caminhão de lixo.

Amanhece e acordo sem ter dormido, uma noite inteira em claro, revisando cada erro e cada projeto desfeito. Degusto o café, sublime droga das mentes insones, enquanto penso em como dar conta do dia. Todo aquele papo de correr com os lobos e meu corpo exausto para qualquer exercício. Preparo o pão recolhida em mim mesma. Para uivar para a lua é preciso astúcia e isso não há no momento, é tempo de sobreviver.

Não sei se esse sentimento todo é uma grande ressaca ou parte da angústia cíclica feminina. Talvez seja simplesmente infelicidade crônica ou medo do futuro e do presente, habitual nos últimos anos.

Coloco uma pá de cal no inominável. Não há como explicar para um homem um sentimento feminino. E há de se lembrar que hormônios femininos aqui são proibidos, engolidos aos montes como anomalias que escondemos em casa, defeitos que se guardam na gaveta. São tempos de guerra.

Os remédios tarja-preta deveriam ser distribuídos gratuitamente em larga escala. Têm menos efeitos colaterais que o álcool, que acende a palavra e cansa o corpo. Menos palavras e mais amnésia fariam bem aos humanos insones. Preciso dormir e esquecer, dormir e esquecer, dormir e esquecer.

O HOMEM SEM FUTURO

Uma preguiça imensa desta gente que morre. Estava recuperado e queria logo sair daquele hospital, estranhamente cheio e repleto de sinalizações e divisórias diferentes. Acordara com uma deliciosa sensação de leveza corporal e queria aproveitá-la com intensidade. Aquela primeira esticada no corpo depois de acordar costumava ser fatídica. Mas, naquela manhã, não sentiu nenhuma dor nas pernas, nas costas ou no pescoço. Não havia tido insônia e nem sequer se lembrava dos sonhos da noite.

O procedimento fora concluído há alguns meses, mas o efeito parecia ter chegado, de fato, agora. Etéreo não soube ao certo quanto tempo ficou em observação e nem o motivo de toda aquela movimentação de médicos e enfermeiras. Queria era sair logo dali. Assinou a papelada e aguardou a chegada do médico para ser liberado.

— A recuperação demorou mais do que havíamos planejado inicialmente, e houve uma série de reações não esperadas aos hormônios e à medicação principal. Tivemos que induzir um coma por vários meses — explicou o cordato homem de branco.

— Há quanto tempo estou aqui?

— Seis meses. Muita coisa aconteceu. O mundo enfrenta um novo vírus.

— Não me importa, tenho imunidade a tudo, certo?

— Sim, você é eterno. Mas a cidade está diferente. Será preciso cautela.

— Olha doutor, hoje, eu só quero ir à praia, ver umas meninas bonitas, beber alguma coisa.

— A praia está fechada e os bares perderam alvará de funcionamento. Há uma pandemia e, por mais que você tenha paralisado totalmente seu processo de envelhecimento, terá que seguir as regras de controle.

Etéreo ficou irritado com toda aquela conversa. Como assim, seguir regras de controle? Estava no topo da cadeia alimentar. Era homem, rico, branco e, agora, jovem para sempre. Às favas essa história de regras! Não são pra mim, pensou. Chamou o motorista e foi embora para casa. O empregado estava de máscara, assim como todo mundo do hospital. Mais uma do tal pacote de regras. Para que este rapaz se preocupa com isso? Vai morrer de qualquer forma. Melhor morrer agora jovem do que ficar velho e doente. Não envelhecer era coisa para poucos, como ele, que podia pagar por mais esse privilégio.

Tomou um banho longo no seu banheiro enorme e escolheu uma roupa leve para começar seu primeiro dia eterno. Queria fazer uma caminhada matinal, tomar um café e olhar a vida jovem passar no calçadão. Nada de pele enrugada ou pelancas, apenas o frescor das meninas de 20 e poucos anos. Nunca mais teria uma discussão de relação, pularia de galho em galho, de buceta em buceta, lindo e leve. Quando elas começassem a falar de casamento ou gravidez, ele buscaria uma mais nova. Dinheiro não era uma questão. Era um gigante do mercado financeiro. Viveria para sempre e com todo o gozo disponível na face da Terra.

Muita gente nas ruas usando as tais máscaras. Não importava, as pernas e bundas estavam visíveis e seu pau vivo o suficiente para imaginar cada uma delas em suas mãos. Na volta pra casa, encontrou a filha adolescente. Em breve, ele comeria as amigas dela, e os dois poderiam sair juntos pela noite. Conversariam de igual para igual nas festas, até que ela se tornasse mais velha e deixasse de acompanhá-lo na vida. O outro filho estava noivo de uma moça bonita e cheia de demandas. Não demoraria muito e ele teria um neto, que seria seu novo companheiro de vida. Em algum momento do tempo, teriam a mesma idade física, apesar de estarem a anos-luz de distância em pensamento. Veria a cidade mudar, as tecnologias novas chegarem. Estava no comando de tudo, como sempre.

Resolveu dar uma festa. As notícias sobre as mortes não o assustavam. Sabia que todo mundo iria aceitar um convite dele. Assim foi, no planeta não há limites para pessoas como Etéreo. As primeiras mulheres chegaram. Roupas curtas e máscaras traziam um certo mistério a elas e o enchiam de tesão. Os amigos puxa-saco vieram em peso, alguns, acompanhados, outros, sozinhos, à espera de uma rebarba de mulheres que não seriam escolhidas pelo dono da noite. Nada de ex-esposas, elas já tinham demandas demais, além de rugas e assuntos complexos. Escolheu uma, entre todas que o rodeavam, e a comeu no banheiro. Não que não pudesse levá-la para o quarto, mas gostou de vê-la de costas segurando a pia. Começou bem sua nova vida.

A partir dessa noite, vieram várias outras. As festas ficaram famosas, e as moças em busca de dinheiro e posição brigavam para frequentar as orgias. Comia uma, duas, três na mesma noite. Estava no auge da vida! Quando cansou das farras no Brasil, passou a promover eventos em outros países. Mandava buscar as melhores meninas do local e curtia a noite como se fosse a última. Ouvia histórias de contaminações em massa durante as farras. A ele não importava nada disso. O governador chegou a pedi-lo que fosse mais discreto. Em vez disso, Etéreo passou a patrocinar alguns projetos do político e tudo ficou bem. Não tinha ressaca, nem física e nem moral, e aproveitava o dia seguinte para se regozijar com os números de suas aplicações financeiras. Nunca deixaria de ter dinheiro e nem precisaria de remédios para ser viril.

Os anos passaram, e Etéreo foi se cansando das festas. A distância dos filhos veio na sequência. Eles agora eram peças antigas, tinham família, filhos, netos, bisnetos, como todos. Todos, menos Etéreo, que tinha apenas pensamentos velhos e um corpo jovem. Assim como os filhos, as mulheres com quem se relacionava não compreendiam o ser em que ele havia se transformado. Seu corpo era jovem e potente, mas a cabeça mantinha algo da idade, uma velhice sem pelanca, mas repleta de histórias das sinapses realizadas geração após geração. Suas dores eram outras.

Por falta de relações possíveis, passou a nutrir por seus pensamentos uma espécie de amor, que o fazia preferir a companhia das lembranças a qualquer par de pernas frescas. Sofria de velhice às avessas. Misturava as histórias antigas às recentes e fazia novas articulações. Sentia um imenso carinho pelas palavras que rodeavam sua cabeça. Era um mundo próprio e impossível de ser compartilhado com alguém de existência finita.

Olhava as pessoas ao seu redor e criava nomes esquemáticos para defini-las dentro de um nexo particular construído a partir de seus pensamentos. Passou a dividir os humanos em categorias, o que facilitava sua circulação pelo mundo. Mudava de casa, de cidade, de país, de grupo, de estilo. Passava pelas pessoas como quem busca produtos inúteis de consumo efêmero.

Passou por três pandemias e viu a corrida espacial ganhar corpo. Pulava de tecnologia em tecnologia, sem dificuldades, mas também sem empolgação. Viu pessoas próximas adoecerem e morrerem, sem sofrer. Sabia que existiam outros seres eternos como ele. Eram quatro ou cinco no mundo. Não quis conhecê-los, preferiu se ater a suas próprias histórias, cultivando uma distância de segurança das pessoas reais. Sem afeto ou vínculo, a vida para sempre sem laços lhe parecia mais simples. Passou a se alimentar de histórias alheias, como se, assim, vivesse em outros corpos novas existências. Desenhava as narrativas inventadas, uma a uma, nas paredes, para que lhe fizessem companhia no dia a dia. Ninguém era capaz de interpretar o texto em que havia se transformado. Por isso, diminuía os diálogos ao extremamente necessário.

Em uma de suas leituras, soube da existência do exoplaneta Ode. Muitos países e empresas estavam envolvidos nas pesquisas e não demorou muito para que ele, como multibilionário do mercado financeiro, fosse chamado a contribuir. Gostou da ideia de garantir seu lugar de privilégio também em outra galáxia. Andar por terrenos extraterrenos lhe pareceu algo bem excitante, principalmente porque o planeta Terra havia ficado destroçado depois das últimas pandemias. Por mais que sua condição financeira o permitisse usufruir tudo de melhor existente na Terra, se viveria para sempre, teria que buscar um lugar novo para ficar e novas histórias para nutrir sua existência. Os corretores de Ode vieram, e ele assinou os papéis, garantindo um lote na nova galáxia.

A existência no novo planeta trouxe certa animação à vida eterna de Etéreo. Ele passou a imaginar cada história que viveria lá. Não seria necessário manter este modelo viril a que havia se habituado. Poderia encomendar aos escritores, funcionários de primeira linha de Ode, uma história de vida diferente. Seria possível construir outra personalidade e outra narrativa de vida. Novas perspectivas poderiam se abrir para o dono do mundo e a excitação voltou a tomar conta de seu corpo como há muito não acontecia.

Decidiu dar um passeio para se despedir da Terra. Pegou o carro e saiu em busca de personagens para suas narrativas. Qual vida ele queria viver agora? Como sempre, detinha o privilégio de decidir. Queria ver o mar. Parou o carro em uma praia mais distante dos badalados pontos a que estava habituado. Sentou-se na areia e tirou os sapatos. Quantos anos de história estavam naqueles grãos? Será que existiriam quando retornasse para a Terra? Seus filhos já terão morrido, os filhos e netos deles também. Não importava. Sabia disso quando decidiu se tornar eterno. Era o centro dele mesmo e as outras pessoas eram meros personagens coadjuvantes. Havia inaugurado um novo modelo de testamento, garantindo aos seus descendentes uma porção pré-definida de sua fortuna. O resto era dele, pra sempre. Era como um rei, um faraó enviado pelas divindades. Tinha o comando total da vida.

Alimentava esses pensamentos eloquentes, quando a mulher surgiu caminhando de longe e sentou-se ao seu lado sem pedir licença. Era velha e andava devagar. Etéreo pensou em levantar-se, mas, sem saber porque, continuou parado.

— São muitos grãos, já pensou? — indagou a senhora.

Pensar era o que ele mais fazia em sua condição atípica de ser eterno. Mas estranhou que a história dos grãos estivesse há pouco em seus próprios pensamentos.

— Somos muitos também e, de certa forma, continuaremos por aí — ela emendou.

Etéreo foi tomado de um sentimento estranho por aquela senhora. Era como se ela compartilhasse com ele um pouco de suas construções narrativas, como se fosse parte de alguma história escrita para ele. Era uma mulher enrugada, tinha uma fala mansa e segura, detentora de um encantamento particular. Será que ela era um dos quatro ou cinco que dividiriam a eternidade com ele?

— Você é um deles? — perguntou.

— Sim, querido, sou eterna, como você.

— Mas por que decidiu ficar assim?

— Assim como?

— Velha...

— Sou um conjunto de histórias e quero me lembrar de mim assim.

Ela sorriu e Etéreo foi tomado por um amor profundo. Em outros tempos, teria verdadeiro asco de uma velha como aquela. Mas, agora, não desejava mais mulheres jovens, com suas pernas, bundas e histórias pequenas. Desejava com todo o corpo aquela narrativa senhoril que se apossava de sua vida em um pequeno instante. Era velha, como ele, em um sentido diferente. Eram eternos e, ao mesmo tempo, repletos de finitudes. Alguns anos de peles, dores e carnes os distanciavam, mas estavam conectados por décadas de narrativas incompletas.

Queria contar a ela sobre o lote comprado no exoplaneta Ode. Poderiam construir uma vida juntos, mas não sabia o nome dela. Pensou em perguntar, mas ouviu algumas vozes distantes e um barulho de equipamentos eletrônicos. Foi acometido por um súbito mal-estar de estômago, coisa que não sentia desde o procedimento que o tornou jovem para sempre. Olhou ao redor, e a senhora já não estava ali. Imediatamente, apagou.

— Alguma coisa deu errado, senhor. Vamos reprogramar sua história. É muito comum na primeira tentativa — disse um jovem rapaz de óculos.

— Onde ela está?

— O senhor deve sentir um pequeno enjoo nas próximas horas, mas o problema já está sendo solucionado. O pagamento foi efetuado? Posso trazer o menu de narrativas para sua escolha. Mas é melhor descansar um pouco antes — explicou o rapaz, com um certo ar de vendedor.

Etéreo sentiu vontade de vomitar, mas se segurou. Olhou ao redor. Estava na plataforma de Ode, o planeta ao qual se referia no diálogo com a senhora eterna. A grande agulha hipodérmica dos escritores, funcionários da plataforma do exoplaneta, se preparava para retomar as tentativas de enquadramento da história de Etéreo. Seu lote estava garantido, mas algo não havia dado certo para o personagem escolhido. Não teve tempo de raciocinar muito.

— Quero apenas ser velho— disse para o jovem de branco em sua frente.

Mas o funcionário não escutou. Em pouco tempo, embarcaria em uma nova história. Não havia futuro para um homem eterno.

PARTO

Acordei me sentindo diferente, como se não coubesse em mim mesma. A boca sedenta por comida, e o corpo sem espaço algum para mais nada. Meses bombardeando sangue em excesso para o coração, preocupada em trazer meu menino à vida de forma natural. Será que é querer demais que ele faça o caminho da vida com um mínimo de interferência possível? Tento achar uma posição possível para esperar. A espera de sempre.

A filha mais velha também precisa de atenção, e eu poderia estar trabalhando para eliminar o paradoxo feminista da maternidade protegida. Mas não estou. Ao contrário, estou produzindo glóbulos oculares. Despacho a primogênita para a escola. Sento, respiro, caminho, respiro, aguardo. O pai tem que matar o mamute, sai para a luta, aflito. Eu permaneço em mutação, fico, continuo, caminho. Tento acalmá-lo, como fazem as mulheres de geração em geração, acalmam os homens. Vá tranquilo, eu digo. Estou bem, ficaremos bem. Por dentro, não sei se a vida será capaz de aguardar o calendário acadêmico e as reuniões de planejamento.

O certo era não comer antes do parto. Mas não sabia se aconteceria hoje. Estava estranha, mas com fome. Era provável que não fosse logo para o hospital, como na primeira vez que dei à luz. O estender das contrações e o período natural de dilatação não combinavam com os tempos dos plantões médicos. Eles tentariam acelerar tudo com ocitocina desnecessária, agilizar o processo, fazer uma cesárea, como fizeram com minha menina e com tantas outras crianças e suas mães. Como fazem, dia após dia, pelo conforto e praticidade do nascimento programado, com hora definida e médico escalado para receber honorários pelo procedimento. Mas o tempo da mulher e da cria não cabe nos protocolos médicos. O feminino tampouco se encaixa nos *planners* da vida. Usamos roupas demais, sorrimos demais, calamos demais. Tudo em prol da organização social.

Na primeira gestação, inocente e confiante na defesa da vida, fui cedo ao hospital. Dilatação em curso crescente, contrações ritmadas, bebê com batimentos normais. Duas mulheres, uma dentro e uma fora. Três homens em ritmo de rotina, querendo encaixá-las, as duas, em seus horários. De repente, uma injeção, sem aviso, sem consulta. Que líquido é esse? "É o protocolo", responde a enfermeira auxiliar. Que protocolo, que líquido é esse? "É o protocolo do hospital, está demorando muito". O médico homem plantonista avisa que é ocitocina. Mas não preciso, grito. Tenho dilatação, o bebê já vem, esperem. "Você está sofrendo, é melhor acelerar", responde o moço, com um sorriso irônico. Quem é ele para definir o limite do meu corpo? Penso que meus gemidos devem ter incomodado. O mundo não é das mulheres e os sons que fazem sempre causam estranhamento. Quando falamos, quando cantamos, quando gememos. Nos querem caladas. Talvez se sintam seguros assim.

Em poucos minutos, estava na sala de cirurgia. "Faremos uma cesárea, o bebê liberou mecônio", avisou o médico. Não! Gritei, mas ninguém me ouviu. Foi a ocitocina fora de hora, tenho certeza. Estou sozinha, mandaram meu companheiro ir lanchar. Nossas vidas, minha e da minha menina, nas mãos de homens desconhecidos. Eles não conversam com a gente, falam entre eles. "Você foi no churrasco do Paulo? Muito bom, fiquei até tarde. Goleada do Galo, hein". Estou aqui, tento dizer, mas não consigo. Choro, tremo, respiro.

Penso na minha menina. Se ela já estivesse aqui, poderíamos nos apoiar e conversar sobre os sentimentos que nos afligem naquela sala fria. Entra uma mulher na cena, uma enfermeira. Olho para ela, pedindo ajuda. Ela pega em minha mão, com cumplicidade, e diz para eu ficar calma, que tudo vai dar certo. A primeira pessoa que olhou no meu olho. Mais uma bruxa, como eu, como várias de nós, vivendo às escondidas nessa sociedade enviesada de critérios questionáveis. Meu companheiro chega, choramos juntos. Não importa como, nossa menina estava chegando. Veio linda, amada, e eu continuei me descontrolando por um tempo. Depois aprendi a ser mãe e a me perdoar mulher.

O segundo parto seria diferente, já havia me decidido. Não iria para o hospital antes de ter certeza de que o bebê estava a ponto de vir ao mundo. Era um menino, talvez isso fosse levado em consideração pela equipe médica. Se ele pudesse falar, com certeza ouviriam seu pedido. Eu estava decidida a lutar, mas continuava ali, naquele começo de trabalho de parto, com fome. Escolho esquecer a recomendação de não comer, carrego o álibi perfeito para justificar as amnésias contínuas. Comi tudo, nababescamente. Lembro-me de como o lombo estava com um cheiro magnífico, e a textura da couve, perfeita. Suco de laranja natural, salada, tudo o que eu tinha direito no meu reino familiar feminino.

Da mesa, me arrastei para o quarto. Deitei, virei, tombei. As dores, que começaram leves de manhã, aumentaram rápido. Levantei, respirei, caminhei. Sentei, encolhi, caí na cama de novo. As contrações tornaram-se constantes. Eu sabia o que fazer. Ir para a água morna, respirar, acalmar. Só ir para o hospital no final. Nada de homens de plantão tentando me encaixar nos prazos do hospital. Este parto é meu!

Tento começar o banho, mas não consigo. Corro para a privada e vomito absolutamente tudo o que comi. A dor, a dor, inexplicável ou absolutamente explicável dor. Não consigo ficar de pé. Sento na privada e evacuo em segundos tudo o que restava em mim. Resta só o menino, que agora quer sair a todo custo junto com as fezes e o vômito. Pulo para o bidê em busca de dignidade e limpeza. O contato com a água nas partes íntimas faz jorrar novos detritos e secreções. Não consigo limpar, não consigo andar. Lembro-me da funcionária que está na área de serviço. Grito por ela, que é mãe, mulher. Ela me ajuda, me leva para a cama. Digo que está tudo sujo, ela me acalma, diz que vai limpar e que dará tudo certo.

É hora de ligar para o macho da casa. Havia esquecido dele no meio disso tudo. "Estou em reunião", ele tenta. Não, venha agora, não vou esperar calendário algum. "O que você está sentindo?", ele pergunta, e eu tenho preguiça de explicar. Digo apenas que venha. Começo a sangrar, a dor não para. Ele chega e me chama para andar até o carro. Não consigo. Ele me olha com amor e diz que não haverá outro fim para a dor, a não ser um bebê nos meus braços. Compreendo a seriedade dessa fala e peço ajuda. Me dá a mão, ele dá. Nos amamos em um olhar. No caminho da garagem, um vizinho, ignoro. O aumento de sangue bombardeando o coração me dá esse direito.

Chegamos no carro e, sim, vamos em direção ao hospital. O médico quer falar comigo ao telefone. Digo que não, que ele vá direto ao hospital. Eu dou as regras hoje nesta coisa toda. "Venha para o consultório, quero te ver aqui antes", o doutor diz. Eu afirmo que ele vá para o hospital e me encontre lá rápido. Ele obedece. Penso que talvez ele seja diferente dos outros e reconheça minha produção de células.

No meio do caminho, senti um jorro como de xixi sair vagina afora. É a bolsa, com seu característico cheiro de amônia. O companheiro pede que eu respire, da forma como aprendemos nas aulas de yoga. Vai à merda, eu digo. Vai nascer aqui. Você é veterinário, vai ter que pegar este filhote. "Não, segura ele", ele suplica. Temo não mandar em mais nada aqui. A dor descomunal agora me aflige por completo. Estou toda molhada. Grito, olho para a janela e vejo os rostos assustados dos carros vizinhos de trânsito. Por que soamos sempre estranhas aos olhares do mundo? Somos apenas mulheres parindo, andando, falando, existindo.

"Estamos perto", ele diz. Pergunto e grito: perto como? Não vai dar! Vejo a placa da maternidade, que bom, vamos conseguir. "Não pode parar aqui", ele diz. Que porra é essa?, eu penso. Vira quarteirão, pra lá, pra cá. E sinto, e berro: a cabeça! "Que cabeça?", ele me pergunta. A do menino, a cabeça dele saiu. "Saiu pra onde"?, meu companheiro pergunta perdido como macho na hora da contração. Saiu da buceta a cabeça. "Oi?". Da buceta, a cabeça, saiu pro mundo.

Paramos, enfim. Ele abre a porta e diz: "Vem". Eu penso e meio que resmungo: que vem o caralho, não posso andar, tenho uma cabeça no meio das pernas. Alguém tenta conversar, ignoro. Chega uma cadeira de rodas, me colocam nela. Vem uma médica, mulher, que me olha nos olhos como só as mulheres sabem fazer. Eu pego no braço dela e digo que a cabeça está aqui. Os glóbulos oculares, será que estão vindo bem? Ela me acalma. "Vou pegá-lo, se preciso for". Na recepção, vejo olhares assustados, mas não foco em nenhum. Tento focar na mulher que me ampara.

Meu companheiro é interceptado, querem que ele preencha papeis. E eu junto todas as minhas forças para gritar para ele e para a funcionária comandante das burocracias. Não, ele não vai a lugar algum, vai comigo. Constrangimento generalizado na recepção, e ele segue a meu lado elevador adentro. Rostos assustados me espreitam. Tento segurar meu corpo para que ele não me escape novamente, como da outra vez, com a menina. Para que ele não seja freado diante das tensões causadas aos outros, impactados por uma mulher que tenta existir sem freios normativos.

Meu médico chega trazendo um banquinho de parto. Olho pra ele e me lembro de todo o planejamento que fizemos juntos.

— Quero a banheira, o quarto da banheira — digo.

Vamos para um cômodo anexo ao bloco cirúrgico para ele me examinar. Vejo o susto em seu olhar e o banquinho deixado de lado, esquecido no canto da sala.

— Vamos para o bloco.

— Não, quero a banheira!

— O bebê já está do lado de fora, sigamos, por favor — ele diz com a temperança necessária ao momento.

Vamos, respeito, mas a dor, a dor... no meio do caminho, na maca, sinto fezes saindo de mim. Procuro um olhar feminino, vejo a enfermeira. Não consigo falar. Ela me olha e diz que eu me acalme, vai me limpar.

— É natural, não se aflija — ela me consola.

Um, dois, três, estou na mesa do bloco cirúrgico. O anestesista vem e me oferece um mundo sem dores, repleto de cenas sorridentes de partos imagéticos e mulheres sem olheiras. No desespero da dor, eu digo que quero tudo. Meu médico entra e diz que não.

— O trabalho está no fim, não cesse a natureza, deixa o menino chegar.

Confio, aceito, respiro, não grito mais. Uma última contração feroz e uma cuspida final. Milagrosamente, a dor cessa. Ouço o choro, ele vem pra mim, meu menino. Em breve estará com minha menina, meus amores maiores. Uma sensação de gozo me invade a alma. Nunca, em nenhuma experiência sexual, senti nada parecido. Tenho crises de riso interceptadas por pequenos gemidos de prazer intenso.

Meu orgasmo é interrompido por um barulho. A enfermeira atende, na sala ao lado, a um telefonema. Alguém da ala das burocracias hospitalares avisa que é preciso entrar com a papelada.

— Agora vocês têm que chegar oficialmente à maternidade. Resolva os papeis — disse o médico ao pai. Ele foi, confuso, feliz, tonto.

Eu fiquei ali, envaidecida com minha cria e comigo mesma. Esqueci que tínhamos pensado em algumas músicas para o parto. Quais eram? O médico disse que tinha uma adequada, "Age of Aquarius". Naquele momento, essa me pareceu a música mais incrível para ouvirmos, enquanto ele conduzia os pontos finais. Não sentia mais dor, apenas uma felicidade quase infantil.

Enquanto isso, os papéis corriam paralelos à vida que surgia ali com tanta força. Carteiras, assinaturas, carimbos, certidões. O menino acabara de sair da vida aquática e encarava o primeiro desafio de um mundo de ar, barulhos intensos e burocracia. Ele procurava o peito, e eu sentia um orgulho danado de ser mulher, de ter encarado e dito não a tantas ordens masculinas. No primeiro parto, não havia conseguido ser tão firme e, por isso, senti que, de certa forma, eu nasci um pouco ali também. Cada passo, uma vitória, assim vivem as mulheres.

— Pronto, ele já existe para o hospital — diz a enfermeira, que entra de supetão.

Eu penso: ah, os papéis. Não importam. O mundo sempre vai querer que meu menino siga como mais um homem comum, dito cidadão de bem, que manda, caça mamutes, ofende mulheres, sofre e engole o choro. Mas eu sei que podemos mais. Derrubar o patriarcado com sangue e placenta. Fizemos juntos, eu e meu menino. Fugimos das ordens. Nascemos.

A TABELA PERFEITA

Era preciso caber nas rubricas. Projeto que não se encaixa em alguma rubrica não existe na planilha. "Mas tem demanda que não cabe na tabela", dizia a mulher recém-chegada ao governo, cheia de ideias pueris de atendimento ao cidadão. Será que é tão difícil entender que existe uma tabela mestra e que só é possível fazer o que está previsto lá dentro? Pensava Pedro Otávio, de alcunha PO, para os íntimos, funcionário graduado da estrutura governamental. A mulher do Serviço Social reclamava que pessoas estavam passando necessidades, porque tinham demandas que não estavam previstas na planilha. Mas, para PO, essa questão parecia totalmente irrelevante. Existe uma tabela de Excel, um orçamento e as rubricas. E esta senhora não deveria estar se metendo nisso. É questão para nós, especialistas em gestão governamental. Não há erros na tabela, basta encaixar tudo lá. O que não cabe está fora, simples.

A mulher achava que a planilha não contemplava outras mil particularidades do serviço a ser prestado à população. Insistia que era preciso pensar em pessoas específicas, que conhecia de algum trabalho de campo. Daqueles estudos repletos de poesia, que levam os pesquisadores a andar pelos rincões mais distante do Brasil em busca de dados e a se depararem com cenários complexos, embebidos de uma realidade aumentada difícil de ser digerida pela classe média burocrática que transita entre a universidade, o escritório e os apartamentos na Zona Sul.

Ela dizia estar atenta à necessidade de encaixar os projetos nas rubricas, no entanto, parecia não entender o básico das siglas e das formas de atuação dos especialistas. Insistia em uma ideia de descentralização de recursos e falava que o poder público deveria ter um atendimento mais afetivo. Chegou ao desplante de sugerir a inserção de uma nova coluna por ela nomeada de "Demandas específicas". Não, cara senhora, não poderemos inserir essa coluna na planilha, mas *estaremos avaliando* as possibilidades de contemplar a questão em outros projetos do governo, respondia PO, com o desprezo que lhe era comum em relação às pessoas ligadas a metodologias qualitativas.

A mulher insistia em conversar pessoalmente, Pedro Otávio queria resolver a questão pelo WhatsApp. Ela não entende os termos, não sabe as siglas das receitas, não conhece os protocolos. Está tudo definido para evitar os sentimentalismos atrasados. A administração tem que ser técnica, lógica e não baseada em detalhes emotivos. A quem interessa se a doninha lá do interior não consegue acessar o site para preencher o formulário? Pois ela que procure internet no vizinho! A tabela é perfeita, perfeita, pensava PO.

— Pedro, as pessoas não entendem — dizia ela. — A gente tem que atender à população de verdade.

— Pedro não, subsecretário Pedro Otávio! Pois se não entendem, que apenas obedeçam às regras que nós, especialistas, definimos. Peça para preencherem o formulário no site, *estaremos entrando* em contato. Atender pessoas? O Serviço Social não precisa ser feito com amadorismo, precisamos profissionalizar. Mas, ok, coloque lá aquela menina no atendimento, aquela negra, ela tem cara de povo.

— Ela quer um adicional para trabalhar no atendimento — emendou a mulher.

— Estes funcionários querem adicional para tudo! Os cargos comissionados e as gratificações são para os especialistas qualificados, que têm a formação adequada para assumir a administração pública. Nós entendemos a máquina e as tabelas. Além do mais, temos formação na iniciativa privada também, lá estão as melhores práticas. O resto não é importante.

Pedro Otávio olhou as horas no seu Rolex, comprado na última visita ao Velho Mundo. Estava na hora do almoço, decidiu comer no shopping próximo ao Centro Administrativo onde trabalhava. Gostava de almoçar lá, longe do funcionalismo populacho. Olhou o WhatsApp, enviou nova versão da tabela ao subordinado e, ignorando toda a conversa com a mulher cheia de ideias, ressaltou a recomendação de que seguisse o modelo e saiu. Com o seu cargo de subsecretário, tinha direito a usar o elevador privativo, um alento não ter que dar bom dia a cada terceirizado ávido por fazer o bem comum. Na garagem do Centro Administrativo, um calor dos infernos — o ar-condicionado não funcionava ali embaixo.

Mas logo encontrou sua vaga especial — direito garantido por seu cargo — e, em pouco tempo, estava de volta aos 17 graus dentro de seu lindo automóvel com banco de couro.

Além de se exibir no trabalho, Pedro Otávio adorava circular pelo condomínio onde morava em seu carro novo. Fazia aulas de tênis no clube junto à nata da classe alta da cidade. Às vezes, tinha vergonha de dizer que atuava no setor público e não em uma grande empresa multinacional, como a maioria deles. Mas era sabido que seu posto era diferente do de um funcionário padrão da burocracia governamental. Fazia parte de um pequeno grupo com carreira distinta na instituição. Tinha regalias, salário alto, bônus. E, afinal, era diferente daquela massa toda. Havia uma aristocracia dentro da paquidérmica estrutura estatal, e ele estava bastante confortável instalado nela.

Nos últimos dias, sentia dores fortes na coluna e, por isso, agendara uma consulta médica após o almoço no shopping. Sempre cultivou o corpo com exercícios regulares, massagens e procedimentos estéticos. Não entendia o porquê daquelas dores. Parecia que alguém colocara um objeto arestoso entre suas vértebras. Qualquer movimento gerava incômodo, como se seus ossos estivessem em coalisão com outros ossos provenientes de uma estrutura corporal que não era a sua. A sensação era de que não havia espaço e lubrificação entre todas essas coisas maciças que se encontravam erroneamente. Escondeu da esposa a intensidade da dor, tomando remédios fortes e disfarçando a expressão de tormento. Não queria que ela achasse que estava ficando velho ou que não tinha preparo físico para aguentar as partidas de tênis do condomínio.

Marcou o médico sem avisar a ninguém. Não era homem de demonstrar fraqueza ou dúvida. O pragmatismo no trabalho e na vida eram, para ele, motivo de orgulho e tudo o que Pedro Otávio não admitia era ser visto como emotivo. Apesar de ter direito a usar o plano de saúde do estado, preferia pagar outro, particular. Não confiava nas estruturas hospitalares públicas e seria muito desagradável ter de encontrar funcionários subalternos nas salas de espera dos consultórios. Chegou na clínica e subiu até a sala do médico com dificuldade em segurar o próprio corpo imerso em dores. Durante a consulta, explicou os detalhes do que sentia ao doutor. Achou engraçado quando ele quis saber sobre o seu trabalho.

— Passou por algum momento de estresse nos últimos dias? Como é sua cadeira de trabalho?

— Não, doutor. Controlo meu horário, tenho liberação da catraca, sou subsecretário e minha cadeira não é como as outras. Aprovei a rubrica R7 B4 para adquirir cadeiras novas para o primeiro e segundo escalões do governo. São da marca...

Não chegou a especificar a marca das cadeiras. Foi interrompido por novo questionamento.

— Alguma coisa te aflige no momento?

Que pergunta estranha desse médico, pensou Pedro Otávio. Provavelmente é daqueles ligados à área social. Tenho meus projetos todos planilhados adequadamente em tabelas perfeitas. Em minha vida não há espaço para esse tipo de vocabulário, concluiu seu raciocínio. Mas preferiu soltar uma resposta educada, na intenção de receber logo a receita de um medicamento eficaz para as dores que sentia.

— Estou tranquilo, minha vida está absolutamente organizada. Só estou aflito para saber o resultado do Brasileirão — emendou, pensando que as conversas sobre futebol são ótimas para quebrar o gelo em situações desagradáveis. Ajudam a fugir do foco e esquivar dos assuntos indesejáveis. Aprendera isso no curso de formação de lideranças que participou no ano passado, junto a um time restrito de gestores bem-sucedidos da iniciativa privada.

— Vai ter que ir para a ressonância — explicou o médico, já passando o pedido para o paciente.

Muitas pessoas reclamavam da ressonância magnética. Diziam entrar em pânico, ter claustrofobia. Pedro Otávio achava um exagero. Era só se concentrar no tempo, respirar e pronto. Manter a calma, aliás, era algo natural para ele, que não era mesmo afeito aos sentimentalismos sociais. Encontrara na vida um sentido imediato estampado na organização de compartimentos específicos para cada assunto. Uma caixinha para lidar com o trabalho, outra para a família, um espaço para ser marido, outro para se colocar bem no condomínio. A vida, para ele, era feita de tabelas, nas quais simplificava os sentimentos e definia as respostas necessárias a cada um deles. O trabalho ajudava bastante no processo de organização de sua história, uma sorte ter uma metodologia quantitativa adequada para lidar com toda a estrutura social, dentro e fora do escritório.

Foi recebido por um enfermeiro, que deu as instruções e seguiu para a sala de ressonância. Máquinas modernas, tecnologia de ponta, tudo isso deixava PO tranquilo para seguir em frente. Nos minutos seguintes ao momento em que entrou no aparelho, iniciou um raciocínio repetitivo sobre a planilha do serviço social, aquela que a mulher terceirizada teimava em tornar mais maleável a questões específicas. Foi e voltou em cada coluna, linha, siglas, rubricas e cálculos. Não achava necessária nenhuma alteração e, como ele era o superior na estrutura da Secretaria, não faria mudanças. O secretário-chefe confiava em seu trabalho, assim como o governador. E, além do mais, eles estavam sempre envolvidos com os eventos partidários, as negociações no Congresso, o toma lá dá cá de sempre. Pedro Otávio era apenas um subsecretário, mas tinha poder de decisão e salário *diferenciado*. Isso era o que importava. Pensou que nem deveria mesmo receber pessoas como aquela mulher em seu gabinete. Não o faria mais, estava decidido. Passaria esta função para algum diretor ou gerente.

Um barulho estridente da máquina freou seus pensamentos. A luz piscou várias vezes, e o som tornou-se exageradamente alto. Ouviu o técnico dizer que algo estava errado, mas não entendeu o quê.

— Não consigo abrir o aparelho para remover o paciente — disse a pessoa do lado de fora.

Outros chegaram e se questionaram se o homem lá dentro tinha próteses, marca-passos ou pinos metálicos implantados no corpo.

— Não tenho! — respondia de dentro Pedro Otávio, sendo totalmente ignorado pela equipe.

A luz estabilizou novamente e a máquina foi aberta. Os técnicos explicaram que havia acontecido uma pane inespecífica. Normalmente acontece quando há algum objeto metálico dentro do corpo ou encostado a ele de alguma forma. Mas o relógio foi tirado, aliás, que bonito relógio, disseram, mas o homem não havia feito nenhuma intervenção para inserir próteses, marca-passos ou pinos. O importante é que o procedimento fora concluído e, em breve, ele estaria de volta à sala do médico com diagnóstico e receita em mãos para eliminar o problema.

No retorno da consulta, o médico parecia intrigado. Revia as impressões do exame, que mostravam a coluna de Pedro Otávio, e procurava em um livro grande o que pareciam orientações sobre o caso.

— Parece ser algum tipo de hérnia pouco comum. Mas não há situações similares descritas na literatura especializada.

— Como assim, doutor? Deve existir um protocolo padrão de tratamento, não?

— Vejo aqui algumas linhas retas que se encaixam e perpassam as vértebras da sua coluna. Algumas verticais, outras horizontais, provavelmente, decorrentes de alguma lesão, ou, não sei... vou ter que analisar melhor o caso. Enquanto isso, vou te indicar alguns medicamentos para amenizar a dor.

Pedro Otávio foi embora, comprou os remédios, tomou logo para acelerar o efeito e seguiu para a casa. Depois de algumas horas, ao invés de diminuir, as dores cresceram. Não conseguia mais disfarçar para a mulher, portanto, inventou um projeto importante, que teria de entregar para o governador amanhã, para que pudesse passar a noite no escritório. Como era impossível dormir, decidiu pesquisar sobre o que estava sentindo. Horas a fio nos sites especializados e nada. O médico tinha razão: nenhum artigo das publicações convencionais de medicina descrevia aquela sensação. Era como se linhas retas estivessem se entranhando em sua coluna vertebral. Entrou na *deep web* em busca de algo. Há certos assuntos que não são tratados pelos autores comuns e nem estão nos livros publicados. A última vez que entrara ali fora para buscar sites de pornografia. Encontrou um artigo sobre materialização magnética. Dizia algo sobre a possibilidade de o cérebro materializar construções cerebrais. Uma pesquisa confusa, que confundiu ainda mais a mente cansada de um homem com dor.

Adormeceu sem se livrar do incômodo, mas acordou com uma sensação prazerosa. Custou a abrir os olhos, queria aproveitar a sensação de alívio e liberdade sem sofrimento físico intenso. Ao levantar a pálpebra, se viu em um ambiente branco, diferente do qual havia adormecido. Estava confuso ainda. Será que havia sido internado para uma cirurgia de urgência? Ouvira dizer que a anestesia pode causar certo tumulto mental em alguns pacientes.

Levantou-se e tentou encontrar alguém para perguntar do ocorrido. No meio do caminho, trombou em uma aresta formada pelo encontro de uma linha vertical e uma horizontal. Olhou para cima e viu a sigla Fonte R7 B4 escrita em letras garrafais. Ao lado, estavam descritos alguns projetos e ações que se encaixavam na coluna. Do outro lado do ambiente, viu descritas as rubricas de pagamento de pessoal e custeio da Secretaria. Em outras, espaços seguiam as fórmulas da planilha que haviam sido cuidadosamente pensadas por ele. Se aquilo fosse um sonho, era perfeito para explicar àquela mulher idiota do serviço social a perfeição de sua tabela de Excel. Ou mais, poderia sugerir ao governador um projeto de realidade virtual para treinar os funcionários e ensiná-los a ler as planilhas de forma lúdica. Seria premiado com esse projeto, que ideia brilhante seu cérebro havia criado! Depois dizem que os burocratas não são criativos...

Fechou os olhos para voltar logo à vida real, agora, sem dores, e trabalhar neste projeto antes que algum colega chegasse na frente. Mas, inexplicavelmente, ao abrir o campo de visão, continuou exatamente onde estava, no meio de uma grande tabela. Não em qualquer tabela, mas na sua tabela. Não sei o que é isso, mas eu criei esta coisa e posso transitar por ela, até porque, é uma planilha perfeita, capaz de contemplar tudo o que é importante, pensou Pedro Otávio de forma controlada e calma, como lhe era habitual. Correu para as rubricas de auxílio alimentação e já pegou logo uma marmita. Incrível, começava a gostar do jogo. Água estava prevista sem custo, na rubrica das parcerias. E assim passou o dia, em um ambiente sobre o qual mantinha o controle absoluto e do qual podia-se até dizer que era confortável. Não sentia mais dores, tinha acesso a tudo o que era necessário. Por um momento, sentiu um encantamento enorme por si mesmo, uma habilidade imensa do seu cérebro ter materializado a planilha perfeita. O comando estava em suas mãos.

Ouviu vozes distantes. Achou que elas seriam a senha para sair dali e voltar ao mundo real. Falou alto, com firmeza, bem ao seu estilo, que precisava sair dali, pois tinha outros compromissos no dia. Percebeu que as vozes eram conhecidas, mas não o escutavam. Alguém explicava que não era possível alterar a tabela, pois o subsecretário achava que ela era perfeita.

— Sim, também achamos que as comunidades não conseguirão acessar o recurso. Mas é difícil mudar, ele não autoriza, terão que se adaptar. Faremos o possível.

Que gente idiota, pensou Pedro Otávio. Ainda discutindo a necessidade de alterar a planilha dos projetos sociais! A questão já estava definida pelo superior, ele, e não havia mais abertura para estudar possibilidades. Ele mesmo tinha acessado os "recursos" necessários *in loco*, estava ali, comendo marmita e bebendo água. Com certeza, os lembraria disso quando saísse dali.

O dia passou de forma inusitada, mas, ao mesmo tempo, conhecida. Pedro Otávio observava os detalhes do ambiente planilhado que, por algum motivo, seu cérebro havia materializado. A cor do cabeçalho foi pensada para agradar o governador, já que era a cor do seu partido. A fonte Arial facilitava a leitura das rubricas e combinava com o modelo de Power Point que havia construído para as apresentações dos resultados de sua pasta.

Pensou que talvez pudesse alterar a fórmula da célula final e inserir uma coluna com alguma rubrica que facilitasse o transporte cerebral e o levasse de volta ao escritório.

Correu para a última coluna, mas, antes, trombou nas arestas apertadas que dificultavam sua movimentação. Tentou, enfim, alterar a planilha para que ela pudesse contemplar suas novas demandas. Como estava sem acesso ao arquivo principal, puxou as linhas verticais com toda a força que pôde, tentando abrir espaço para outra rubrica. Impossível. Elas até se movimentavam, mas voltavam rapidamente ao local de origem. Pensou em mudar o título de alguma coluna menos necessária no momento. Buscou as letras e iniciou uma nova organização de palavras. Tudo em vão. Não tinha permissão para alterar a narrativa daquela tabela, que era sua, mas agora estava imutável até para ele, detentor do cargo e do poder necessários para movimentar os recursos a partir de avaliações técnicas. Correu para a maior célula que conseguiu encontrar e adormeceu exausto, tentando caber no espaço duro localizado no encontro entre os custos e os benefícios.

No dia seguinte, Pedro Otávio acordou decidido a mudar de lugar. Muito interessante a experiência de estar dentro do próprio projeto, mas achava que já fora tempo suficiente. Sentia-se sozinho e com um pouco de medo deste estranho mundo em que havia se metido. Pensou naquela mulher que fazia trabalho de campo na área social. Será que ela teria soluções melhores para aquela tabela específica que se tornara sua vida? Transitou entre as arestas criadas, entre as colunas e as linhas, sentindo muita falta de cores. Apenas o cabeçalho era colorido, uma estratégia para chamar a atenção do governador. Mas o gestor não estava ali, e Pedro queria a todo custo transformar aquele ambiente inóspito em algo mais afetivo. Pela primeira vez, em anos de contato diário com planilhas, vivenciou a necessidade de construir uma metodologia mais acolhedora. Sentiu angústia.

Vieram outras noites, novos dias. O cenário permanecia o mesmo. Transitava com repetição entre as rubricas: alimentação, R7 B4, R7 B3, custeio. Pedro Otávio repetia para ele mesmo que, sim, era possível acessar os recursos básicos, bastava entender as siglas. Mas, ao fim de alguns meses, invisível entre as células da planilha, o sentimento de solidão cresceu. Passou a alimentar um imenso e estranho pesar por não ter conversado direito com a mulher do trabalho de campo. Ela falava de tantas pessoas reais que tentavam dominar a tabela, dona Firmina, seu Antônio, Joaquim. Ah, Joaquim era o menino que não conseguia ir à escola porque a rubrica não previa mais de quatro transportes por dia. Ele tinha que pegar um barco em algum momento e não conseguia pagar o barqueiro.

Pedro Otávio sentiu que não estava mais tão eficiente na gestão de sentimentos a partir da organização das relações por compartimentos. Além de ser sua nova morada, a tabela parecia ocupar também seu coração. Sentia um aperto no peito, como se linhas verticais e horizontais se colocassem entre suas vértebras, causando uma sensação de desencaixe corporal, uma angústia física e psíquica assustadora para um homem tão organizado em suas relações com o mundo. Não adiantava gritar, pois ninguém conseguia ouvi-lo dali de dentro desta planilha incapaz de aplacar a solidão e o medo que a vida lhe causava. Tentou, mais uma vez, chamar por todos os seus subordinados. Mas só escutava as conversas deles, especulando o seu misterioso sumiço. "Dizem que ele surtou. Parece que tinha uma amante. A esposa dele está saindo com o secretário", falavam as vozes.

Era preciso alterar as fórmulas e inserir novas colunas. Pedro tentava exaustivamente fazer as mudanças necessárias, forçando as linhas com as mãos e movimentando as letras de forma repetitiva. Por fim, clamou pela presença da mulher do Serviço Social. Gostaria que ela estivesse ali para conversarem sobre a vida dele e a vida dos outros de quem ela falava. Almejava conhecer as histórias de campo que ela tinha para contar e ele nunca quis ouvir. Precisava dizer que ela estava certa, a tabela não contemplava tudo que era necessário.

— Inclua a coluna das demandas específicas — murmurou Pedro, com tontura.

A mulher não ouviu, ninguém ouviu. Estavam ocupados seguindo as ordens de um substituto que prontamente havia preenchido seu cargo. O subsecretário interino achava que a planilha dos serviços sociais estava grande demais. Seria preciso modernizar os processos, diminuir os custos, amenizar o impacto de algumas rubricas no orçamento geral, tirar as gorduras do projeto.

Uma fraqueza tomou conta do corpo de Pedro. Não tinha mais forças para tentar ser ouvido por alguém. A voz estava fraca e seu corpo cansado, invisível aos olhos da burocracia, que seguia seus processos ignorando a angústia de um homem preso a um sistema unidimensional. Olhou as mãos e percebeu que estavam menos nítidas, os dedos, com pouca solidez. Na aresta acima de sua cabeça, uma linha vertical começava a se apagar. Tentou mudar de lado, buscar espaço em outra célula da tabela, talvez a rubrica ligada ao custeio, mas era tarde. Em poucos segundos, sua coluna foi eliminada, provavelmente em virtude da modernização dos processos, levando com ela os 34 anos de história de um especialista qualificado que não conhecia as pessoas.

NINHO DE PARDAL
(OU O VOO DA GALINHA)

Peixes, polvos e camarões. Era tudo o que Paulo Roberto falava nas cartas desde que se mudara para a Ilha. Eu já não suportava saber de tudo aquilo, o sol, ele e o cheiro de peixe. Já se passara quase um ano da cirurgia e a promessa de um cotidiano plenamente controlado não se cumprira completamente. Talvez fosse o tal período de ajustes.

Nos primeiros meses, contei com o acompanhamento próximo do doutor Fuks, o que me trouxe certa tranquilidade. As idas semanais ao seu consultório, aquele cenário branco e sem plantas, eram reconfortantes. A expectativa era de que, em pouco tempo, a diminuição de massa bombardeando sangue para o meu corpo seria notada, abrindo espaço para o tão sonhado encaixe. Tudo parecia caminhar neste rumo.

A cirurgia tinha sido considerada um sucesso e, de certa forma, eu já me sentia um exemplo notável da maravilha da medicina. Apenas a lembrança do cheiro do peixe me incomodava. Poderia ser algum efeito colateral isso de desenvolver um olfato apurado ao ponto de identificar combinações de fragrâncias imaginativas. Se não tivesse tanta vergonha, poderia ter conversado com o doutor Fuks. O assunto era por demais complexo e envolvia meu pseudo amante que tanto questionou minhas escolhas.

"Seu problema é de escala, Átroa. Mas não escala de carne, e, sim, de sentimento", dizia Paulo Roberto. As falas dele não combinavam com as teorias do visionário cientista Fuks. Uma vez, invadiu o consultório do doutor, sujando de água fedida aquele lugar límpido e alvo. "Vamos embora comigo", implorou. Não fui, escolhi uma nova etapa evolutiva, depositando no médico a esperança de uma vida tranquila e uniforme.

Pensava nisso enquanto dirigia meu carro com extrema destreza naquela fronteira urbana repleta de luzes e buzinas. Ao meu redor, pessoas comuns, de corações robustos, desentendiam-se em grupo, enquanto eu, seguia. Rumo a um futuro redesenhado em linha reta, livre de sobressaltos e desequilíbrio. Apenas aquele odor de peixe-homem não saia da minha cabeça e invadia o espaço do veículo.

As palavras do doutor Fuks, pronunciadas logo na primeira consulta, ainda ecoavam em minha cabeça. Desenganada pelos médicos, nutria uma imensa raiva do meu coração. Era ele o responsável por toda uma existência turbulenta, apesar de banal. Litros de sangue perdidos em uma luta sem fim contra o desejo e as emoções. O barulho, causado pelo excesso de hemoglobina a caminhar pelo corpo, era sempre desconcertante. O suor vinha em seguida, com uma textura melosa e malcheirosa. Na sequência, os movimentos estranhos e o maldito cheiro de ninho de pardal.

A necessidade de alteração do coração foi detectada logo no início e, no fim, acredito que o doutor Fuks nunca teve dúvidas sobre o que fazer. "O erro está no tamanho do coração humano. O acúmulo de carne do órgão o faz indigno da magnitude do cérebro humano". Por mais estranha que a sugestão da troca do órgão humano por um exemplar galináceo possa ter parecido às pessoas comuns, eu aceitei. Estava acostumada a aceitar as coisas que vinham...

Eu estava orgulhosa de meu novo estado anatômico. Apenas o olfato marítimo se impunha em meio à serenidade, algo a ser debatido ainda com o doutor. Não vou me abalar por tão pouco! Pensava em minha perfeita nova condição, antes de tudo humana, quando um exemplar chulo da espécie humana se chocou contra mim, num momento de torpor e desespero, a bordo de um velho Fiat. Uma menina de pouco mais de 18 anos dirigia enlouquecida a máquina na contramão. Provavelmente não dispunha de um coração tão eficaz e, por isso, era capaz de perder o controle tão facilmente.

Frente a frente com a menina, senti novamente o cheiro do peixe-homem, mas consegui pensar. Driblei a moça de coração ruminante, rodando o volante com rapidez, ao mesmo tempo em que analisava minha existência cientificamente modificada, mas, ainda sim, banal. Cheirava a ninho de pardal novamente, e o odor de peixe despontava em meio àquela retomada de sentidos.

Poderia desviar da garota irracional, pegar a BR 381 e, em poucas horas, estar ao lado daquele bicho aquático de que tanto gostava. Mas não fui. Desafiar o asfalto era para as pessoas comuns. Tirei os sapatos — não precisaria mais deles — e abri as janelas o máximo que pude. Começando pela cabeça racional, passando pelo coração de galinha e terminando pelos pés de ave, coloquei meu corpo magro vento afora. Tive tempo de curtir um certo desalinhamento dos cabelos, soltos pela primeira vez em anos. Ainda consegui ver de cima os olhares surpresos dos humanos repletos de irracionalidade, com suas sirenes e barulhos. Eu, que sempre me sentira desconfortável em minha própria existência, descobrira na dicotomia corporal o encaixe perfeito. Voei em direção ao mar.

CLARISSA MENICUCCI

(1978) é mineira, residente de Belo Horizonte, jornalista, gestora pública, escritora, florista e mãe. Com experiência em gestão de comunicação e atuação forte no setor cultural, a autora transita por diferentes gêneros literários, passando pela prosa infantil, pelo conto e pela poesia. Entre a produção textual e a criação de crianças, também cultiva plantas e almeja peças de barro. Em suas várias facetas, sempre esteve atenta à palavra, mantendo a escrita como um lugar de fuga e de encontro, de formalização e de afeto. Em 2021, além deste *Contos de fuga*, Clarissa participou como autora da antologia *Conto a gotas*, fruto do curso de escrita criativa conduzido por Tiago Novaes, e gestou o lançamento de seu primeiro livro infantil, *Meu Primo Gigante* (Crivo Editorial), em parceria com o ilustrador Newton Ulhôa.

este livro foi editado

no inverno

de 2021